EL NUEVO HOSPICIO DE POBRES

PEDRO CALDERÓN DE LA BARCA

<table>
<tr><td>LA SABIDURÍA.</td><td>LA SULAMITIS.</td></tr>
<tr><td>LA FE.</td><td>EL REY, viejo venerable.</td></tr>
<tr><td>LA ESPERANZA.</td><td>EL PRÍNCIPE, galán.</td></tr>
<tr><td>LA CARIDAD.</td><td>EL HEBRAÍSMO, de judío.</td></tr>
<tr><td>LA MISERICORDIA.</td><td>EL ATEÍSMO, de pieles.</td></tr>
<tr><td>LA FORTALEZA, de ángel.</td><td>LA IDOLATRÍA, de indio.</td></tr>
<tr><td>LA APOSTASÍA, de soldado.</td><td>LA LASCIVIA, de mendigo.</td></tr>
<tr><td>EL APETITO, de ciego.</td><td>LA AVARICIA, con barba.</td></tr>
<tr><td>LA PEREZA, de leproso.</td><td>MÚSICOS.</td></tr>
</table>

REY

¡Oh, tú, divina mente,
que en campos del oriente sin oriente,
desde el siglo primero sin primero,
hasta el postrero siglo sin postrero,
a no dejar de ser la que ya fuiste,
del labio del Altísimo naciste
primogénita suya,
tú, que desde la eterna infancia tuya
cielos habitas, siendo si a ellos subes,
tu trono las colunas de las nubes,
desde donde circundas
el orbe a giros, desde donde inundas
a giros el abismo,
poniendo a un tiempo mismo
en varios horizontes
ley a los mares, límite a los montes,
tú, en fin, que sin principio y fin criada,
como el cedro en el Líbano exaltada,
como en Cades la palma, la especiosa
oliva en valle, en Jericó la rosa
y el plátano en la orilla
de las aguas, fragrante maravilla
de vid vallada entre diversas flores,
diste la suavidad de los olores
distilando en aromas
al cinamomo y bálsamo las gomas,
que en místico atributo
de honestidad y honor rinden el fruto
por quien el sabio llama
al buen olor perfume de la fama,
atiende a la voz mía
antes que diga, oh tú, Sabiduría
de Dios, pues ya para saber quién seas
tus renombres lo han dicho.

SABIDURÍA

(Dentro.) Porque veas
que el que mi auxilio invoca
la línea apenas deste alcázar toca
cuando su voz se escucha: abrid las puertas.

FE

Ya al nuevo sol que en ti amanece abiertas
están, pues te hacen salva
segunda vez los músicos del alba.

ESPERANZA

[**Canta.**] Díganlo en sus verdores
los dulces sustenidos de las flores.

CARIDAD

(**Canta.**) En acentos suaves
lo digan los trinados de las aves.

MISERICORDIA

(**Canta.**) En sus claras corrientes
los sonoros pasajes de las fuentes.

FE

(**Canta.**) Y en sus cóncavos huecos
las cláusulas finales de los ecos.

LAS 4

(**Cantan**.) Juntando sus primores
ecos, cristales, pájaros y flores.

REY

Bien dice superior naturaleza,
oída la voz y vista la belleza;
a tanta luz mi turbación es mucha.

SABIDURÍA

Dime ¿a qué fin me has invocado?

REY

 Escucha.
Yo soy (que aunque tú lo sabes
hay tan sagradas materias
que el saberlas explicar
es un segundo saberlas,
y más cuando al que las sabe
no es el oírlas molestia
por la caridad de que
quien no las sabe las sepa)
aquel rey de quien Mateo
y Lucas dijeron que era
(bien que con señas distintas
mas no con contrarias señas)
el que pacífico un tiempo
sobre la faz de la tierra
reinaba en paz y justicia,
con que citada la letra
entre ahora la alegoría,
pero entre con advertencia
de que uno es el que es y otro
es el que le representa;
y así a dos luces, pues basta
que en algo se le parezca,
es fuerza dejarlo a que
quien lo entendiere lo entienda.

Un hijo tengo, tan hijo
mío en todo que la idea
de mi cariño sin duda
continuamente le engendra.
Tanto en él me complací
y él en mí, que la unión nuestra
produce un amor de entrambos
que nos hace de manera
tan uno a los tres, que somos
en la igualdad de la ciencia,
del poder y del amor
tres personas y una esencia,
propiedades que me mueven
a que de nuestra grandeza
participe honores cuanto
en esta inferior esfera
el sol ilumina a rayos
y el mar a piélagos cerca.
Determino darle estado
y para que resplandezca
en la elección de la esposa
más mi amorosa clemencia
ha de ser la Sunamitis,
que aunque en la versión hebrea
se interpreta «la que duerme»,
también mudada una letra
que por Sunamitis diga
Sulamitis, se interpreta
«la perfecta», conque a un tiempo
conviene en entrambas señas
en naturaleza humana,
pues en achaques envuelta
yace bien como dormida,
que es no estar viva ni muerta,
pues muerta para la gracia
vive capaz de tenerla
el día que con mi hijo
se despose, de manera
que de sus joyas dotada
vendrá a quedar tan perfecta
que a las dos luces que dije
la naturaleza y ella
no habrá quien dude que son
por hoy una cosa mesma.
Para la celebridad
desta real boda quisiera
de mi poder ostentando
la grande magnificencia
hacer partícipe a todo
el mundo y que en él no hubiera

desde la zona que abrasa
hasta el trópico que yela
término en que no sonasen
de mi majestad las nuevas.
Un espléndido banquete
a este efecto, en una cena
solicito hacer a cuantos
de mí convidados vengan
sin excepción de personas,
pues antes las más ajenas
y más remotas serán
de mi mayor complacencia,
como vengan para que
sentarse con mi hijo puedan
con las túnicas nupciales
vestidos de gala y fiesta,
y así a valerme de ti
te invoco para que seas
(pues texto habrá que lo diga)
tú la que pongas las mesas,
mezcles el vino y inmoles
las víctimas para ellas
enviando a tus ancilas,
divinas virtudes bellas
que te asisten, a que hagan
(pues no repugna el que sea
tu familia mi familia)
con sus dulces voces tiernas
público el banquete a cuantos
en sus ámbitos contenga
hoy el orbe; pues es cierto
que el congregar sus diversas
gentes es propia acción tuya,
pues entre las excelencias
que más te adornan y ilustran
dijiste tú de ti mesma
ser tus delicias, tus juegos,
tus júbilos y tus fiestas
el conversar con los hijos
de los hombres. Y porque esta
congregación tras sí traiga
las repúblicas enteras,
siendo los reyes los que hacen
al pueblo las consecuencias,
conviden reyes, monarcas,
príncipes y jueces, tenga
este cumplimiento más
tu gran ser, pues cosa es cierta
que como súbditos tuyos
unos y otros te obedezcan,

pues por ti las leyes juzgan
y por ti los reyes reinan.

SABIDURÍA   Si es asentado principio
en todas divinas letras
(de parábolas lo diga
la sacra página llena)
que lo invisible no es
posible que se comprehenda
y solo para rastrearlo
da a lo visible licencia
de que en ejemplos visibles
lo no visible se entienda,
y es este hoy tu asumpto ¿cómo
puedo excusarme a que sea
de mí admitido, y más cuando
es recebida sentencia
que el que me busque me halle,
que al que me pida conceda
y que mis puertas le abra
al que llamare a mis puertas?
Y así en fe de que tú fiel
me buscas, llamas y ruegas
y de que yo te respondo
prompta, liberal y atenta,
las cuatro partes del mundo
oirán en sus cuatro esferas
en voz de cuatro virtudes
las felicísimas nuevas
de que tu hijo se humana
a admitir en sí a la bella
Sulamitis por esposa,
y porque las más adversas
gentes viendo en tanto honor
su misma naturaleza
a gozarse en su ventura,
como tu dijiste, vengan
a tu boda y tu convite,
las nupciales ropas puestas.
La Fe, primer fundamento
de todo, irá a la desierta
Libia del África donde
aún más fiera que sus fieras,
aún más que sus brutos bruto,
el bárbaro Ateísmo niega
haber más causa de causas
que el acaso, que halló hechas
las dos fábricas hermosas
de los cielos y la tierra
con gentes, aves y plantas,

flores, sol, luna y estrellas,
que es justo que al que de Dios
el primer principio yerra
vaya la Fe que no tiene
a efecto de que la tenga.
A la América, que hoy yace
remotamente encubierta
hasta venideros siglos,
donde torpemente ciega
domina la Idolatría,
tanto al Ateísmo opuesta,
que cuando ignora él un dios
adora infinitos ella,
adelantando aquel paso
que hay de que uno nada crea
y otro más que debe, puesto
que ya a lo menos confiesa
en su falsa adoración
que hay dioses de quien dependa,
la Caridad irá, a fin
de que su amor, su clemencia,
arguyéndole en la falsa,
le instruya en la verdadera,
pues es de la Caridad
hacer que el que ignora aprenda.
Al Asia en que el Hebraísmo
sus repúblicas gobierna,
y adelantando otro paso
confiesa, adora y venera
solo un verdadero dios
cuya suma omnipotencia,
criador, rey, señor y dueño,
venera, adora y confiesa,
cuyo hijo prometido
en la ley de los profetas
espera que ha de venir
y desconoce al que espera,
pues que le niega humanado,
irá la Esperanza mesma
al desengaño de que
ya no hay para qué la tenga.
A la Europa, no en común,
porque la Europa conserva
católicos reyes ya
convidados, sino a aquellas
provincias del norte a quien
aunque a la verdad se acercan
adelantando otro paso,
con falsos dogmas infesta
la traidora Apostasía,

forajida de la Iglesia,
pues creyéndole humanado
sacramentado le niega,
irá la Misericordia,
piadosa deidad, que ruega
con la paz a quien la culpa
detestare con la enmienda.
Conque en tanto que las cuatro
generosamente vuelan
con las alas de las plumas
de aquella águila suprema
que hito a hito y rayo a rayo
se examina y se renueva,
bebiendo al sol de justicia
el rico Ofir de sus ciencias,
las mesas pondré y el vino
mezclaré, uniendo en su mezcla
el mosto de aquel racimo
que dio en primicias la tierra
de promisión a Caleb,
con el que puso en su ofrenda
Melchisedech a Abraham,
y para mayores señas
deste místico sentido
el sacro pan que presenta
a la hambre de David,
de Aquimelech la clemencia,
mezclaré con el que en campos
de Belén la espigadera
Ruth amasó en sus espigas,
y para que a todo sepan
serán las demás viandas
del blanco maná compuestas
que dieron las nubes cuando
cuajados montes y selvas
fueron mantel, y manjar
dulce grano en nieve tersa,
y, en fin, porque satisfechos
todos a su patria vuelvan
será el cordero legal
viático que les dé fuerzas
para el último camino.
Y pues ya a mi cargo quedan
mesas, pan, vino y cordero
y a de mis ancilas bellas
llamar a los convidados,
parte tú a que se prevengan
las vistas para la esposa,
porque con tus dones pueda,
pues naturaleza humana

Sulamitis se interpreta,
salir sin temor a vistas
la humana naturaleza.

REY

No en vano, sacra deidad,
consultó mi providencia
estas bodas con tu amor,
pues ya concurren en ellas
con un mismo acuerdo en mí,
el poder que las celebra,
la obra en ti que las dispone
y en mi hijo la obediencia.
Y así a anunciar la que halló
gracia en mis ojos, la nueva
llevará un valido mío
cuyo nombre es Fortaleza,
para que no temerosa
pase de mísera a reina. Vase.

FE

También no en vano en nosotras
concurre a esta unión, atentas,
el honor de que ganemos
dándole la norabuena
las albricias con el mundo.

ESPERANZA

Estancia no habrá en su esfera
en que tan altas noticias
no se oigan.

MISERICORDIA

  Ni gente en ella
que alegar pueda ignorancia.

CARIDAD

¿Qué mucho si es tu obediencia
nuestro mayor lauro?

SABIDURÍA

  Pues
porque el tiempo no se pierda
partid mientras yo prevengo
el maná para la mesa,
el racimo para el vino,
la espiga para la oblea,
para el viático el cordero
y el ara para la ofrenda.   (**Vase**.)

ESPERANZA

Ya que es fuerza dividirnos
y que a la agilidad nuestra
no se da lugar ni tiempo
ni distancia que no venza,
empiece la invocación
desde aquí para que atiendan

los climas adonde vamos.

(Cantado cada una en su carro.)

LAS 3　　　　　¿Cómo?

ESPERANZA　　　De aquesta manera.
　　　　　　　¡Ah de la abundante Asia!

FE　　　　　　¡Ah del África desierta!

CARIDAD　　　¡Ah de la América ignota!

MISERICORDIA　¡Ah de la Europa opulenta!

ESPERANZA　　Hebreo que la dominas...

CARIDAD　　　Idólatra que la reinas...

FE　　　　　　Ateísmo que la vicias...

MISERICORDIA　Apóstata que la infestas...

LAS 4　　　　¡Albricias, albricias!

(Dentro HEBRAÍSMO, ATEÍSMO, IDOLATRÍA y APOSTASÍA, cada uno en su carro.)

LOS 4　　　　¿De qué alegres nuevas?

LAS 4　　　　De que ya la esclava
　　　　　　　se corona reina.

ESPERANZA　　**(Canta.)** Albricias, albricias,
　　　　　　　que a sus bodas regias
　　　　　　　previene el rey una
　　　　　　　espléndida cena.

CARIDAD　　　**(Canta.)** Albricias, albricias,
　　　　　　　que han de entrar en ella
　　　　　　　cuantos con nupciales
　　　　　　　vestiduras vengan.

MISERICORDIA　**(Canta.)** Albricias, albricias,
　　　　　　　que no habrá en su mesa
　　　　　　　manjar que divino
　　　　　　　misterio no tenga.

FE　　　　　　**(Canta.)** Albricias, albricias,
　　　　　　　y pues su grandeza

	a todos convida de gala y de fiesta...
LAS 4	(**Cantan**.) Alégrese toda la naturaleza sonando al compás de las voces nuestras, el ave en la rama, el bruto en la peña, el aire en el monte, el cristal en la selva.
LOS 4	¿«Albricias, albricias»? ¿De qué alegres nuevas?
LAS 4	De que ya la esclava se corona reina.

(Con esta repetición se entran las cuatro y salen, cada uno de su carro, el ATEÍSMO vestido de pieles, el HEBRAÍSMO de judío, la IDOLATRÍA de indio y la APOSTASÍA de soldado, y todos como oyendo a lo lejos la música.)

LOS 4	¿«De que ya la esclava se corona reina»?
HEBRAÍSMO	¿Qué reina o qué esclava puede ser aquella por quien estas voces publican que excelsa...
ÉL Y MÚSICA	(**Dentro**.) ...previene el rey una espléndida cena?
IDOLATRÍA	¿A qué efecto el eco convocar intenta...
ÉL Y MÚSICA	...cuantos con nupciales vestiduras vengan?
APOSTASÍA	¿A qué fin el aire puede ser que ofrezca...
ÉL Y MÚSICA	...manjar que divino misterio no tenga?
ATEÍSMO	Qué poco me aflige oír que voz nueva...
ÉL Y MÚSICA	a todos convide de gala y de fiesta.

LOS 4	Que nada entendemos por más que resuenan...

TODOS Y MÚSICA	...el ave en la rama, el bruto en la peña, el eco en el monte, el cristal en la selva.

APOSTASÍA	Hebraísmo.

HEBRAÍSMO	¿Quién me llama?

APOSTASÍA	Quien de ti saber desea, puesto que la fantasía de retóricas licencias da voz a lo inanimado, en cuya prosopopeya las más lejanas distancias la imaginación abrevia, ¿qué música es la que en todo el ámbito de la tierra hoy se ha escuchado?

HEBRAÍSMO	Si hubiesen cumplido cómputo y cuenta las semanas de Daniel, tan universal materia que sus albricias se extienden a todo el orbe dijera ser armoniosa salva que hace el cielo y la tierra al Mesías que yo aguardo.

APOSTASÍA	Para mí esa no es respuesta cuando yo sé que ha venido, bien que en parte me hacen fuerza algunas proposiciones que no es posible que entienda ni alcance mi ingenio.

IDOLATRÍA	No fuera de ambos conveniencia, ya que no bien avenidos os tienen las leyes vuestras, reduciros a la mía creyendo que de su esfera alguna deidad de tantas como yo adoro descienda a solazarse en los Campos Elíseos, cuyas amenas

márgenes son sus delicias.

LOS 2   ¡Qué proposición tan fuera
                     de la natural razón!

ATEÍSMO   No están más dentro las vuestras;
                     ¿qué dios, Hebraísmo, puede
                     ser el que ha tanto que esperas?
                     ¿Qué dios puede, Idolatría,
                     ser el que diviso tenga
                     su imperio con otros dioses?
                     ¿Ni qué dios al que tú niegas,
                     fugitiva Apostasía,
                     de su gremio la obediencia
                     que ya le juraste? Y siendo
                     así, que en uno la espera,
                     que la multiplicidad
                     en otro, en otro las ciegas
                     cuestiones de sus misterios
                     os traen discordes ¿no fuera
                     mejor por el real camino
                     pisar la anchurosa senda
                     no creyendo más dios que
                     la natural providencia
                     de las cosas que se hicieron
                     ellas solas por sí mesmas?

HEBRAÍSMO   Por sí solas ¿cómo pudo
                     aquella prima materia,
                     a quien los profetas llaman
                     nada y caos los poetas,
                     disponerse por sí sola?

APOSTASÍA   Unas obras tan supremas
                     sin criador ¿cómo podrían
                     por sí hacerse?

IDOLATRÍA   Y si no hubiera
                     dioses que las asistiesen,
                     criadas ya, ¿cómo pudieran
                     conservarse por sí solas?

ATEÍSMO   Yo no entiendo de materias
                     primas, ni segundas; solo
                     sé, sin fatigar la idea
                     ni atormentar el discurso,
                     que esas obras por inmensas
                     y prodigiosas que son
                     ahí nos las hallamos hechas
                     y ahí habemos de dejarlas

habiendo gozado dellas,
siendo mi vientre mi dios,
lo que coma y lo que beba
dure o no dure la vida;
pues no hay más gloria ni pena
que nacer y morir.

HEBRAÍSMO   ¡Calla loco!

APOSTASÍA   ¡Suspende la lengua,
bárbaro!

IDOLATRÍA   Detén la voz
hombre indigno de que seas
racional.

HEBRAÍSMO   No es racional
hombre el que el principio niega
a un dios, causa de las causas,
sino otra especie diversa
de insensatos racionales,
por quien dijo David que eran
los que allá en su corazón
con insipiente torpeza
dijeron que no había Dios.

APOSTASÍA   ¿Y qué mayor evidencia
de que le hay que el haber quien
lo que dijiste supiera
tú a tu corazón? Y puesto
que al que los principios yerra
no se le debe argüir
dejémosle entre las breñas
de su desierta ignorancia
para fiera de sus fieras.

IDOLATRÍA   Para bruto de sus brutos.

HEBRAÍSMO   Para bestia de sus bestias.

APOSTASÍA   Y cobrando cada cual
de nosotros la vereda
de su patria a inquirir vaya
lo que se ha inferido en ella
acerca de aquellas voces
y a participarlo venga
a los demás.

HEBRAÍSMO   Dices bien,
                  pues de nuestra conferencia
                  sacaremos qué debemos
                  hacer cuando a decir vuelvan...

TODOS Y MÚSICA   Alégrese toda
                  la naturaleza
                  siguiendo el compás
                  de las voces nuestras,
                  el ave en la rama,
                  el bruto en la peña,
                  el aire en el monte,
                  el cristal en la selva.

(Con esta repetición se van los tres.)

ATEÍSMO   Qué contentos van de ver
                  cuán baldonado me dejan,
                  como si a mí se me diese
                  nada de honores ni afrentas,
                  dos inútiles alhajas
                  tan neciamente molestas
                  que no tenidas no faltan
                  y tenidas no aprovechan.
                  Viva yo y viva a mi gusto
                  sin que nada me entristezca
                  ni me alboroce: no mal
                  lo diga la poca pena
                  que me da el ir a saber
                  qué nuevas aves son estas
                  que a mí me cansa el oírlas
                  cuando ellos mueren por verlas.
                  O hablan conmigo o no hablan;
                  si hablan a buscarme vengan
                  y si no ¿para qué tengo
                  de irme yo a cansar tras ellas?
                  Y así gozando el solaz
                  de mi poltrona pereza
                  esperaré qué me digan
                  si conmigo hablar intentan.

(Sale la FE cantando.)

FE   Ignorante Ateísmo,
                  que ídolo de ti mismo
                  tu vientre solo adoras,
                  oye la voz de la verdad que ignoras.

ATEÍSMO   ¿Quién eres, huéspeda extraña
                   destas líbicas riberas,
                   que hasta hoy en ellas no vi?

FE   (**Canta**.) No he entrado yo hasta hoy en ella,
                   que al ver cuán perezosa
                   tu ignorancia reposa
                   en su bárbaro olvido
                   creyendo más al gusto que al oído
                   y que habiendo escuchado
                   mi voz tan sin cuidado
                   yaces hasta esta parte
                   por no buscarme tú vengo a buscarte.

ATEÍSMO   Pues qué quieres y quién eres
                   otra vez a dudar vuelva
                   y otras mil, ¡oh tú!, que traes
                   significándote ciega
                   para tiento de tus pasos
                   el báculo que te adiestra
                   y en lo dulce de tu voz,
                   lo raro de tu belleza,
                   lo no usado de tu traje,
                   tanto me admiras y elevas
                   que si creyera que había
                   deidad serlo tú creyera.

FE   (**Canta**.) La Fe, que no conoces,
                   soy, y lo que mis voces
                   quieren de ti es que vengas
                   donde las luces de tus nieblas tengas.
                   El rey que en cuanto encierra
                   en sus orbes la tierra
                   manda, impera y domina,
                   desposar a su hijo determina
                   con la rara hermosura
                   de Sulamitis pura,
                   que a lo que se interpreta
                   duerme achacosa a despertar perfecta.
                   A esta felice boda
                   en una cena a toda
                   la redondez convida
                   del orbe, en cuya espléndida comida
                   no hay manjar que no sea
                   misterio en que se vea
                   cuánto tus dichas ama,
                   pues a gozarlos con su Fe te llama,
                   y si vienes conmigo
                   creyendo lo que digo,
                   la gran magnificencia

verás de su poder, amor y ciencia.

ATEÍSMO   ¿Qué ciencia, ni qué poder
ni qué amor habrá que pueda
desacomodarme a mí?
¿Yo ir a sentarme a otra mesa?
¿Pues qué me falta en la mía?
Y más sobre ser ajena
de rey a quien no conozco,
puesto que en cielo ni en tierra
sé de más rey ni más dios
que el que en mi estómago reina.
Decirme que en sus viandas
altos misterios se encierran
no me mueve; que no sé
que haya más misterio en ellas
que las que mejor me saben
y las que más me sustentan.
Y porque veas que solo
trato que fértiles crezcan
voy a probar unas yuntas
que he comprado porque ofrezcan
cultivadas mis campañas
más abundantes cosechas
para mi regalo. Esto
a ese rey, sea quien sea,
de mi parte le dirás
y no esperes más respuesta
de mí ni en esta me arguyas
porque yo no sé más ciencias,
ni más poder, ni amor que
vivir sin freno ni rienda
hoy para morir mañana,
y lo que viniere venga. **(Vase.)**

FE   **(Canta.)** ¡Ay de opinión tan ciega
que aun los principios a la Fe le niega!
(Representa.) Y ya que yo desairada
a los ojos del rey vuelva,
pues mi vista los espacios
más apartados penetra,
consuéleme el esperar
que la Caridad, que llega
a hablar con la Idolatría,
diciéndole le convenza.

(**Salen la** IDOLATRÍA **y la** CARIDAD.)

CARIDAD   (**Canta**.) A las bodas que digo,
este gran rey conmigo,
gentil Idolatría,
benignamente a convidarte envía,
y no en vano, que siendo
su Caridad transciendo
por aliviar pesares
cumbres de montes, páramos de mares.
De mi empresa lo diga
en una y otra espiga
contra común desgracia
ser el pan Caridad que da la gracia,
y así en tu busca vengo
adonde te prevengo
no faltes a una mesa
en que honor, vida y alma se interesa,
pues está en un bocado
todo el poder cifrado
del solo dios que adoro y...

[IDOLATRÍA]   No prosigas;
ni un solo dios en mis imperios digas.
Si yo con treinta mil dioses
aun no tengo hartos que puedan
acudir a tantas cosas
como la humana miseria
necesita ¿cómo quieres
que imagine ni que crea
que a este rey basta un dios que
cuidado de todo tenga?
Pero por la urbanidad
de ver que de mí se acuerda
le dirás que a otra ocasión
quizá le veré, que en esta
no puedo; porque ocupado
en las víctimas y ofrendas
de mis ídolos estoy
y no es bien faltar a ellas
por ir a su real convite,
por liberal que me ofrezca
la Caridad de su pan
viandas que no he de creerlas.   (**Vase**.)

CARIDAD   (**Canta**.) ¡Ay de opinión tan ciega
donde a mover la Caridad no llega!
(**Representa**.) ¿Tú aquí, Fe?

FE   ¿Dónde estarás
                        tú con dolor que no venga
                        yo a acompañarte? Creyendo
                        consolarme en la tristeza
                        de verme del Ateísmo
                        despedida, quise cuerda
                        ver en tu triunfo mi alivio;
                        pero en vano, pues no acepta
                        el idólatra tampoco
                        el convite.

CARIDAD   Mi propuesta
                        por ir a los sacrificios
                        de falsos dioses desprecia.

FE   Pues ya que las dos volvemos
                        con desabridas respuestas
                        veamos si la siempre afable
                        Misericordia consuela
                        nuestro llanto reduciendo
                        a la negada obediencia
                        a la Apostasía.

CARIDAD   Atendamos
                        desde aquí.

(**Salen la** APOSTASÍA **y la** MISERICORDIA.)

APOSTASÍA   ¿A qué fin intentas,
                        Misericordia, decirme
                        que con Sulamitis bella
                        el príncipe se desposa?
                        ¿Niego yo el lazo de aquesa
                        hipostática unión?

MISERICORDIA   No;
                        mas sobre eso es bien que atiendas.
                        (**Canta.**) Si habiendo tú llegado
                        a creer que humanado
                        con celestial aviso
                        la admite, porque pudo, supo y quiso
                        ilustrar la bajeza
                        de la naturaleza
                        ¿para qué te rehúsas
                        y ir de su boda al real banquete excusas?
                        Y si haber por tu daño
                        huido de su rebaño
                        es lo que te acobarda,
                        mira que yo te llamo y él te aguarda.
                        No temas su castigo;

seguro vas conmigo,
pues para eso, no esquiva,
símbolo de la paz es esta oliva.
No a la voz tu discordia
de su misericordia
se niegue, pues indicio
es mi llanto de ser santo el oficio
que te llama a una cena
de tantas gracias llena.
Ven, pues por darte vida
con la Misericordia te convida.

APOSTASÍA   Yo fuera, Misericordia,
contigo si no me hicieran
repugnancia los misterios
que de sus manjares cuentan.
¿Yo he de creer que su vino
y pan, contra lo que vea,
contra lo que toque y oiga,
lo que guste y lo que huela,
no es pan ni vino, sino
carne y sangre? ¡Qué propuesta
tan dura!

FE   No es, si la Fe
aunque despedida venga
de otro error, en este se halla
obligada a la respuesta.

APOSTASÍA   ¿Qué respuesta?

FE   La que dice
que por el oído sea
cautivo el entendimiento.

APOSTASÍA   Pues ¿por qué quieres que tenga
cautivo al que nació libre?
CARIDAD   Por la Caridad, que en prendas
de su amor fue a prevenir
que le pusiese la mesa
la Sabiduría.

APOSTASÍA   ¿Y me basta
que mezcle las viandas ella
para ser carne el pan?

CARIDAD   Sí;
que a la Sabiduría eterna
que hizo de la nada el todo
más fácil le es que hacer pueda
de una cosa otra, pues menos
es transubstanciar la hecha
que hacerla y transubstanciarla.

APOSTASÍA   Ni es tiempo ni ocasión ésta
para teólogas cuestiones;
y así, atajando contiendas,
di a ese rey, Misericordia,
por excusado me tenga,
que más le sirvo en no ir
que en ir, pues fuera, si fuera,
a derramar sus solaces
más que a creer sus excelencias.   (**Vase**.)

MISERICORDIA   (**Canta**.) ¡Ay de opinión tan ciega
que huye a Misericordia que le ruega!

CARIDAD   ¿En fin, las tres tres ultrajes
llevamos de tres opuestas
réprobas naciones?

FE   Sola
una esperanza nos queda
a que poder apelar.

LAS 2   ¿Cuál es?

FE   La Esperanza mesma.

LAS 2   ¿Cómo?

FE   Atendiendo las tres
(pues aunque a decirlo vuelva,
en nosotras no hay distancia)
a lo que el Hebraísmo y ella
confieren, pues es de todas
el lauro de que una venza.

LAS 2   Dices bien, y así las tres
oigamos desde aquí atentas.

(**Salen la** ESPERANZA **y el** HEBRAÍSMO.)

ESPERANZA

(**Canta**.) Aquel rey soberano,
cuyo hijo es tan humano
que amante de la hermosa
Sulamitis con ella se desposa,
en oblación festiva
de que en sí la reciba
despertando exaltada
de esclava humilde a reina coronada,
ha dispuesto un convite
tan general que admite
a cuantos acrisola
de la veste nupcial cándida estola.
La gran Sabiduría
a ti a este fin me envía
por si contigo alcanza
más mi voz.

HEBRAÍSMO

¿Pues quién eres?

ESPERANZA

La Esperanza.

HEBRAÍSMO

Dices bien, porque no hay cosa
que yo más estime y quiera
que la Esperanza en que vivo
de que el prometido venga
a visitar a su pueblo
cumpliéndole la promesa
que en sombras dio hasta aquí a tantos
patriarcas y profetas.
Dime pues cuándo será
el día que las nubes lluevan
el rocío que cuajó
la no manchada piel tersa
de Gedeón; cuándo el día
que abra sus senos la tierra
y produzga al Salvador;
cuándo en blanda lluvia envuelta
neutral sabor de viandas
cuajará el maná las selvas;
y cuándo el legal cordero
de la servidumbre nuestra
celebrará en libertad
del parasceve la fiesta,
que pues la Sabiduría
te envía a mí ¿quién duda sepa
que se me acerca el día, pues
la Esperanza se me acerca?

ESPERANZA	(**Canta**.) No solo sabe el día
	la alta Sabiduría
	que ese candor divino
	vendrá, pero también sabe el que vino.
	Esta áncora lo diga
	que a la humana fatiga
	muestra que, ya en bonanza
	el mar, llegó a su puerto la Esperanza,
	y dígalo el banquete
	en que el rey te promete,
	benignamente pío,
	cordero, piel, maná, nube y rocío.
	Ven, pues, ven a la mesa
	en que ya su promesa
	cumplida está, pues halla
	posesión la Esperanza y...

ESPERANZA   (**Canta**.) No solo sabe el día
la alta Sabiduría
que ese candor divino
vendrá, pero también sabe el que vino.
Esta áncora lo diga
que a la humana fatiga
muestra que, ya en bonanza
el mar, llegó a su puerto la Esperanza,
y dígalo el banquete
en que el rey te promete,
benignamente pío,
cordero, piel, maná, nube y rocío.
Ven, pues, ven a la mesa
en que ya su promesa
cumplida está, pues halla
posesión la Esperanza y...

HEBRAÍSMO   Calla, calla,
que aunque pudiera argüirte
en los compuestos que yerras
no lo he de hacer, sino solo
en la sujeta materia
de hoy. Siendo tú la Esperanza
que yo firmemente puesta
tengo en mis profetas ¿cómo
ir contigo me aconsejas
a no tenerte a ti allá,
pues ya posesión, opuestas
razones serán que vaya
contigo a que no te tenga?

ESPERANZA   La Esperanza, teologal
virtud, aun cumplida queda
esperanza, que una cosa
es que para el hombre muera
cuando en posesión le pone
de alguna dicha que espera,
y otra es que deje de ser
Esperanza pues le deja
cabal la acción en la humana
vida a que espere la eterna.
Y así pues siempre Esperanza
me has de ver, aunque me veas
allá posesión, no en vano
vengo a que conmigo vengas.

HEBRAÍSMO	No haré tal, que por mejor
	tengo que para mí seas
	hoy cierta esperanza aquí
	que allá posesión incierta.
	Que si yo no he de creer
	ni el misterio de esa cena,
	ni de esa boda la unión,
	ni dar lugar a que sientan
	los romanos que yo he dado
	a intruso rey obediencia,
	mejor será que te quedes
	tú conmigo, donde vea
	el mundo que el hebraísmo
	con la esperanza se queda,
	y que el no llevar ninguna
	es su más cortés respuesta.

ESPERANZA

¿Contigo a ser Esperanza
vana? Huiré de ti.

HEBRAÍSMO

 Por fuerza
te tendré.

(Huye dél y atraviésase la FE.**)**

FE

No harás

HEBRAÍSMO

¿Por qué?

FE

Porque estoy yo en su defensa.

(Luchan los dos.)

HEBRAÍSMO

Poca defensa es la tuya.

FE

Mira que a la Fe atropellas.

HEBRAÍSMO

Vaya yo tras mi Esperanza
y mas que la Fe se pierda.

(Apártala y atraviésase la CARIDAD.**)**

CARIDAD

Al paso la Caridad
también saldrá a defenderla.

(Luchan los dos.)

HEBRAÍSMO   Todo soy ira, no hay
                     Caridad que me detenga.

(**Apártala y atraviésase la** MISERICORDIA.)

MISERICORDIA   Pues haya Misericordia
                     que tus furores suspenda.

(**Luchan**.)

(**Apártala y da con la** ESPERANZA.)

HEBRAÍSMO   Quita también.

MISERICORDIA   Mira que
                     en mí tu perdón arriesgas.

HEBRAÍSMO   Quede yo con la Esperanza
                     sin que de vista la pierda
                     que el perdón con él vendrá
                     cuando el que yo espero venga
                     ya en mi poder.

ESPERANZA   ¡Ay de mí!

HEBRAÍSMO   Sin que haya Fe que me mueva,
                     Caridad que me obste, ni
                     Misericordia que tema
                     estás; y así bien podéis
                     volver todas, sin que vuelva
                     la Esperanza con vosotras.

FE   Forzoso es volver sin ella
                     el día que sin esperanza
                     vamos de que te arrepientas
                     y forzoso pues en ti
                     convienen las tres respuestas
                     por ti ir diciendo: ¡Ay de opinión tan ciega!

LAS 2   ¡Ay de opinión tan ciega!

FE   Que los principios a la Fe le niega. (**Vase.**)

CARIDAD   Donde a mover la Caridad no llega. (**Vase.**)

MISERICORDIA   Que huye a Misericordia que le ruega. (**Vase.**)

(**Cantan dentro, midiendo la repetición con la** MÚSICA, **de suerte que acaben todos juntos.**)

HEBRAÍSMO   Lloren, y ven tú conmigo.

ESPERANZA   Cielos, sol, luna y estrellas,
                              aire, agua, tierra, fuego,
                              luces, aves, peces, fieras,
                              fuentes, flores, troncos, riscos,
                              montes, mares, golfos, selvas,
                              sedme testigos de que
                              si la Esperanza se queda
                              en poder del Hebraísmo
                              es dividida en sí mesma,
                              como Esperanza forzada
                              y como virtud violenta.

HEBRAÍSMO   Ven por más que aquí sus voces
                              repitan...

ESPERANZA   Y yo con ellas...

MÚSICA Y TODOS   ¡Ay de opinión tan ciega,
                              que los principios a la Fe le niega,
                              donde a mover la Caridad no llega,
                              que huye a Misericordia que le ruega!